1367

LE DVELLISTE
MALHEVREVX.

TRAGICOMEDIE.

PIECE NOVVELLE PLAINE
D'INSTRICVES A LA MODE, SVIVANT
le Temps, non iamais veuë ou
Imprimée.

A ROVEN,

Chez GVILLAVME DE LA HAYE, tenant
sa Bouticque sur le Quay, au bout du
Pont Neuf.

M. DC. XXXVI.
Auec Priuilege suiuant l'Arrest de la Cour.

NOMS DES ACTEVRS.

LE DVELLISTE NOMME' BRIZELANCE.

LE PRVDENT NOMME' DEMONAX.

LE BLESSE' AMY DV PRVDENT N. TANAFILLE.

L'ESCVYER NOMME' ONOMASTE.

L'ORDINAIRE NOMME' ARIMAND.

LE MAISTRE D'HOSTEL N. MAIORDOME.

LA MAISTRESSE DE MAIORDOME NOMME'E GLYCERE.

CELLE PAR LVY QVITTE'E N. LYDIE.

LE SECOND DV DVELLISTE N. DVRACIER.

LE POETE NOMME' PARNASSIN.

LE MAISTRE D'ESCRIME N. GLADIATEVR.

LE PREVOST DE SALLE NOM. LE CREAT.

LE SOLDAT DES GARDES N. LA VERDVRE.

LE DVELLISTE HERMITE NOMME' THEOPHILLE.

AV LECTEVR·

ECTEVR, Ie te donne ceste piece
que le mauuais temps & l'oisiueté m'ont
faict mettre au iour : Si voyant son tiltre
la curiosité te porte à lire son commencement, & qu'il te contente, continuë iuf-
ques à la fin, du moins iusques au degoust, sinon faicts
diuorce & romp ton dessain dés son entrée ; tu n'auras de
l'vn ou de l'autre à qui te resiouyr ou te plaindre, car l'Im-
primeur a supprimé mon nom exprés puisque ie mesprise
le reproche de l'vn comme ie rejette la douceur de l'autre,
Aussi n'est-ce honneur ny des-honneur de bien ou mal
faire en vers, Estimer vn honneste homme pour le premier,
c'est loüer vn Capitaine de toucher bien le Luth, Le des-
estimer pour l'autre, c'est l'auoir en estime : Car l'on tient
que iamais grand Poëte ne fut grand homme d'affaires,
& le commun dit que tous les Poëtes sont fouls, auquel ie
responds sans les desmentir & comme tu le sçais, que tous
les fols ne sont pas Poëtes, ie te laisse donc (LECTEVR)
dans ta liberté, & te dis A Dieu dans l'indifference.

SVBIECT DE L'ACTE

PREMIER.

VN Sage & prudent Gentilhomme nommé Demonax fera l'ouuerture du Theatre, representant la fortuite rencontre du corps de son amy Tanafile, qu'il croit estre homicidé dans le combat, en spectacle à l'assistance, detestera la rage des Duels: Puis entreront trois Caualiers Officiers de la maison du Roy, sçauoir vn Escuyer, vn Ordinaire & vn Maistre d'Hostel, nommez Onomaste, Arimand & Majordome, preparez pour la Chasse Royalle; Sur le point de laquelle, vn ieune Cadet nouuellement arriué en Cour grand Duelliste nommé Brizelance picqué des regards de l'Escuyer Onomaste, luy enuoyera vn Cartel par Duracier son second, dont s'ensuiura le Combat seul à seul, où le Duelliste sera blessé.

En suitte Glycere Maistresse de Majordome contre laquelle le Poëte Parnassin aura escript, viendra plaine de vengeance faire sa plainte, desireuse de le faire affronter, à quoy s'offrira le Duelliste deuenu Amoureux d'elle, lequel rencontrant le Poëte, pensant l'offencer en sera battu de son propre baston.

ACTE PREMIER.

SCENE PREMIERE.

Tanafile homicidé en fpectacle fur le Theatre.

LE PRVDENT.

IL eft mort, s'en eft faict, on voit emmy la place,
Son corps couuert de fang, defia froid comme glace,
Son pourpoint d'vn cofté, de l'autre, fon manteau,
Le fourreau d'vn efpée, vn efcharpe, vn coufteau,
O cruel poinct d'honneur, mais pluoft barbarie,
Rage, defpit, horreur, infernalle furie,
S'efgorger feul à feul, s'jurer de fang humain,
Vn Tygre en fa fureur n'eft pas plus inhumain,
Se maffacrer ainfi pour vne fantezie,
Pour vn branfler de pied, pour vne jaloufie,
D'vn mot mal entendu, d'vn trifte compliment,
D'vn Atome, d'vn rien, d'vn ie ne fçay comment,
Eft-ce pas eftre fol, François eft-tu fans honte,
Et de l'ame & du corps tu faicts bien peu de conte,
Que difent tes voifins, apprenant tes combats;
Qu'eftre fage & françois ne fe rencontrent pas:
Si ta valeur t'eftouffe & le fang dans tes vaines,

Boüillonne de fureur, si tu souffre des paines,
De viure en patience, & ne peux t'empescher
D'vn esclarcissement, que ne vas tu chercher
Le giste de l'honneur, de Prouince en Prouince,
Pour y seruir ton Dieu, ton Pays, & ton Prince,
Là tu le trouuerras, & dans ces nations,
Tu pourras contenter tes chaudes passions,
Eternisant ton nom, & la gloire de France,
Bien mieux que d'estre en Cour escrimeur par outrance.

ACTE PREMIER.

SCENE SECONDE.

L'ESCVYER ONOMASTE SONNANT D'VNE TROMPE. L'ORDINAIRE ARIMAND. LE MAISTRE D'HOSTEL MAIOR-DOME ENTRERONT.

L'ESCVYER.

Et bien sommes nous prests, le Roy s'en va partir,
Chacun est à Cheual, mais tu viens de sortir
Du lict!

L'ORDINAIRE.

I'ay trop vueillé, le sommeil m'importune,

LE MAISTRE D'HOSTEL.

Chasse-tu point la nuict au decours de la Lune?

L'ESCVYER.

A Cheual à Cheual, c'est par trop sommeiller,
C'est couuer ses linceuls, il faut se resueiller,
I'entends de tous costez l'Arondelle gaillarde
Nous annoncer le jour, & la trouppe mignarde
Des petits Oysillons, font raisonner les boys
Les vallons & les eaux de gazoüillantes voix.
L'aurore au front d'argent, ordinaire courriere,
Nous offusque les yeux de sa viue lumiere,
Voyez vous ce broüillats qui couuroit ces Estangs,
S'esleuant peu à peu, nous promet du beau temps?
Allez prendre la botte, & vous Monsieur le Maistre,
Voullez vous aujourd'huy rude picqueur parestre.

LE M. D'HOSTEL.

Iamais ne fit si beau, l'air, le vent & les Cieux,
N'ont point encor parù cét an si gratieux,
Hastons nous, car du lict ceste plume mollace,
Dediee à Venus est contraire à la Chasse,
Nostre Roy diligent accuse vos langueurs,
Et cherit entre tous, ceux qui sont bons picqueurs,
Ie vay faire l'essay, & puis couurir sur table.

L'ORDINAIRE.

Moy d'vn ieune coureur, ie vay taster le rable,

A 4

ET LAISSANT L'ESCVYER SEVL
LVY DIRA.

Sans a dieu Caualier

L'ESCVYER.

Mon braue ie vous suis,

Tantost nous nous verrons

L'ORDINAIRE.

Seruiteur ie vous suis.

BRIZELANCE DVELLISTE REGAR-
DANT L'ESCVYER.

L'ESCVYER DIRA A DEMY VOIX.

Hé qu'est-ce Rodomont qu'est-ce nouueau visage,
Il n'a point l'air de Cour, il sent bien son village,

LE DVELLISTE L'ARRESTANT.

Quoy vous me regardez me cognoissez vous pas.
Vous suis-ie rauissant, admirez vous mes pas,
Mon port, mon action, n'ay-ie pas bonne mine,
Croyez vous que ie sois vn mignon de courtine,
Pourquoy me regarder ?

L'ESCVYER.

Parce que i'ay des yeux,

Ie

Ie ne peux les ouurir fans voir en diuers lieux,
Et ne les ferme point , finon quand ie fommeille,
Affecter de vous voir , ce n'eft grande merueille;

LE DVELLISTE.

Mais ie croy qu'à me voir prenez contentement.

L'ESCVYER PAR MESPRIS.

Il eft vray , vous touchez au point tout iuftement,
C'eft vn de mes penfers, ie m'en mets fort en peine,
Pour vous voir ie courrois mille pas d'vne haleine ;

LE DVELLISTE.

Mais femble qu'à deffain voulez me regarder,

L'ESCVYER.

Mon deffein pour vous voir , eft de fort peu tarder,
On regarde le Roy, les Dames & les Princes ,
Pour voir, pour regarder, on court maintes Prouinces,
Quelques fois ie regarde vn paffant incongnû ,
Vn pauure , vn miferable , vn gueux allant tout nû ,
Quelque fois vn galland quand il a bonne mine,
Ie vous eftime tel , non , mignon de courtine,

LE DVELLISTE.

I'ay bien meilleure mine ayant l'efpée en main,

L'ESCVYER.

Ie le croy maintenant , fans attendre à demain
Et le croy fans le voir , vous voyant en prefence

B

Ie ne le croiray plus , croyez-le d'asseurance,

LE DVELLISTE.

Doutter de mon courage , en ne le croyant pas,
C'est mespriser sa vie & courir au trespas,

L'ESCVYER.

Croire à besoin de foy , mais voyant quelque chose
Vne femme vn cheual , vn bouton , vne rose,
La foy n'y sert de rien , car certes nous croyons,
Ce qui nous establient ; non ce que nous voyons :

LE DVELLISTE.

Ce sont subtilitez qu'on apprend à l'escolle,
Pour moy ie suis gend'arme , & mesprise Bartolle,
Aristote , Iason , Philosophes , Docteurs ,
Aduocats , Procureurs , Sacs , Procez , & Plaideurs,
Mes esclarcissements , se font pour l'ordinaire,
Quand i'ay l'espée en main contre mon aduersaire,
Demain nous nous verrons tous deux au champ Mars,
Mon braue ou logez vous ?

L'ESCVYER.

Tout proche des remparts.

LE DVELLISTE SORTY.

L'ESCVYER DIRA.

Furieux , possedé d'vn accez de manie,

Ton arrogance en bref de toy sera bannie,
C'est vlcere pressant surmontant ta raison,
Ne te faict esperer qu'en ta mort guerison,
Mais qu'elle extrauagance? aller chercher querelle,
Pour vn clain d'œil, pour vn mouuement de prunelle,
Iamais ie ne l'ay veu, ny cogneu iusqu'icy,
Et se forme vn subiect d'ennuys & de soucy,
Bien souuent la colere est d'angereuse hostesse,
Car dans les repentirs elle engendre tristesse,
Bouillonne dedans nous, nous esleuant si loin,
Qu'en vain nous reclamons la raison au besoin:

ACTE PREMIER.

SCENE TROISIESME.

L'ESCVYER.

DVRACIER, SECOND.

Caualier, Brizelance attend icy tout proche,
De ce lieu escarté, derriere ceste roche,
Ou l'on peut librement contenter son desir,
Le voir l'espée au poing, vous aurez du plaisir,
Receuez ce Cartel, ie suis de la partie,
D'auoir les bras croisez, ie n'en a point d'enuie.
Choisissez vn second vous luy frez faueur,
D'auoir affaire à luy ie le tiens à bon-heur.

B 3

CARTEL

CAVALIER puiſque vous auez des yeux pour me regarder, vous verrez preſentement combien i'ay bonne mine l'eſpée à la main, & croy tant de voſtre courage, que non content de le croire, vous m'y voudrez voir afin de ne le croire plus, nous eſclarcirons noſtre pourparler à la lueur de nos eſpées, n'oubliez la plus longue pour le deſir que i'ay de la meſurer conrre la mienne.

DVRACIER.

Vous auez vn ſecond

L'ESCVYER.

ie m'y rends dans vne heure,
Ie ne veux pas icy faire longue demeure,
Mais : dans mes actions ie ſuis homme ſecret,
L'Euenté me deſplaiſt, i'eſtime le diſcret :
Ie hay ces fanfarons, plains de vent & de gloire,
Qui veulent que leurs faicts ſoient couchez dans l'hiſtoire,
I'iray ſeul, & ſans bruict.

DVRACIER.

moy que feray-je la ?

L'ESCVYER.

En tuant voſtre amy, vous ferez le hola,

Ie maudits les Duels, les combats ie detefte,
Autant comme ie faicts le poifon & la pefte,
Mais i'aborre bien plus l'vfage des feconds,
Pour celuy quis'en s'ert Dieu n'a point de pardons,
Son parent, fon amy, conuier au carnage,
C'eft plus qu'eftre inhumain ô le maudit vfage!
A quoy; pour quel fubject, rendrons nous partifants,
Nos amis pour vn faict où ils n'eftoient prefents,
C'eft fans occafion que voftre amy m'appelle
Il faict de fantafie vn fubject de querelle,
Ie ne fçay quel il eft, ie ne le cognois pas,
Pendant fans y penfer il court à fon trefpas,
Acceptant ce Cartel, fur ce poinct ie me fonde.

DVRACIER.

Sur quel?

L'ESCVYER.

Pour contenter l'opinion du monde,
Qui met dans les combats l'vnique point d'honneur,
Pluftoft que d'y placer la rage & la fureur:
I'ay tant & tant d'amis, ie ne fçay lequel prendre,
Puis vn trop long fejour, le feroit trop attendre,
Comme ce font mes yeux qui feuls l'ont offencé
Ie veux que de ce bras il meure ou foit bleffé;
Vous verrez le combat tefmoignant ma franchife,
D'aller feul le trouuer fans craindre vne furprife,
Puis que de ma parolle il n'euft contentement,
Auecque mon efpée il l'aura promptement;

Que si vous ne voulez vous tenir sans rien faire,
Ayant faict auec luy ie peux vous satisfaire,
I'y vay tout de ce pas, mais ie le vois venir;

BRIZELANCE L'ESPEE EN MAIN.

Viste l'espée au poing, il faut s'entretenir
Si vos yeux sont si bons regardez ma démarche
Parez ceste estoccade,

L'ESCVYER.

Arrogant ton panache,
N'offusque pas mes yeux, tu fais le Rodomont,
Arreste, ou ie te mets, teste & pieds contremont,
Ha! donc tu veux mourir ieune fol temeraire,

LE DVELLISTE.

Fay mieux & ne d'y mot

L'ESCVYER.

Ta mort est volontaire.

DVRACIER.

Caualier il se rend, il met les armes bas,

L'ESCVYER REMPORTANT L'ESPEE.

Pour le faire penser, prenez-le soubs le bras.

ACTE PREMIER.

SCENE QVATRIESME.

GLYCERE.

I'en auray la raison, affronter vne dame,
Ie n'ay point eu depuis de repos dans mon ame,
Offencer mon honneur, ma reputation,
Ie suis fille de bien, & de condition ;
Vn Poëte médisant, menteur & satyrique,
Dire du mal de moy ? que ie suis impudique,
Qu'il me voit en cachette, & que les courtisans,
Sont bien venus chez moy, qu'ils me font des presens,
Il à menty tout seul, i'en attends la vengeance,
Du Ciel & des humains, il n'aura l'asseurance,
De vouloir maintenir ses mensongers discours,
Ie l'en feray punir, croyez en peu de jours :
Faire en vers contre moy, escrire vne satyre,
La publier par tout, & n'en faire que rire,
Se vanter d'vn baiser, d'vn fauorable accueil,
D'vn toucher de teton, d'vn regard, d'vn bon œil,
Ne sçachant quel il est, n'ayant veu son visage,
Ie meurs (d'vn tel affront) de dépit & de rage;
Des Poëtes médisans le fruict de leurs labeurs,
Le Laurier qui les couure au mont de leurs honneurs,
Leur Lierre, leur Couronne, est mainte Bastonnade,
Il en orra parler, il en aura l'aubade ;
Vn icune Caualier, nouueau dans ceste Cour,

B 4

Pourra ſi ie le veux luy ioüer d'vn bon tour,
Vengeant ma paſſion, repouſſer ſon injure,
A beaux coups de baſton, ie le veux, ie le jure,
Ie m'en vay le treuuer ; hà! le voicy venir:

LE DVELLISTE LE BRAS EN
eſcharpe s'appuyant d'vn baſton.

Ma Dame dictes moy quel eſt le ſouuenir,
Qui vous rend ſi chagrine & ſi melancholique,
Qui vous attriſte tant, qui vous ronge & vous picque?
Qu'elle douleur vous preſſe, & romp voſtre repos,
Vous à t'on offenceé, en faicts, ou en propos,
Dictes le moy de grace ; & croyez d'aſſeurance,
Que ie vous vengeray pluſtoſt qu'homme de France,
Quel qu'il ſoit, vous verrez qu'elle punition,
Ie luy feray ſouffrir pour ſa preſomption:

GLYCERE.

Monſieur voſtre faueur me rend voſtre obligée,
Ie n'ay pas merité d'eſtre par vous vengée,
Et n'oſe me promettre vn tel honneur de vous,
Pour accepter voſtre offre, à venger mon courroux,
Puis, de vous mettre en peine, hazardant voſtre vie,
Ie ne veux pas le faire, & n'en ay nulle enuie,
Encore qu'à iamais vous pourriez diſpoſer,
De moy ; comme l'honneur me permet propoſer:
Si vous m'auiez vengée, hà! ie n'oſe le dire,
Vn Poëte contre moy! faire en vers & médire!

LE

LE DVELLISTE.

Vn Poëte ! quel est-il ? il mourra de ma main,
Qu'il fuye ou il voudra, croyez que dans demain,
Vous en orrez parler, & que cent bastonnades,
Luy feront composer Sonnets, Oddes, Ballades:
Est-ce pas luy qui loge à la ville d'Anuers ?

GLYCERE.

C'est luy mesme monsieur, c'est mon faiseur de vers,

LE DVELLISTE.

C'en est faict ie l'ay dit, à Dieu ma belle aurore,
Permets moy de baiser ce bel œil que j'adore,
Il sent desia les coups sur la place estendu,
Il voudroit estre mort, ie veux qu'il soit pendu,
I'y vay tout de ce pas, tu repousse ma main.

GLYCERE SORTANT.

Ie suis vostre seruante, à Dieu iusqu'à demain.

LE DVELLISTE AMOVREVX.

Mon ame est dans ses lacs si fortement pressée,
Qu'en elle est tout mon heur & n'ay d'autre pensée,
Que de la bien seruir, ne m'estimant heureux,
Qu'en mettant en effect ses desir & ses vœux,
Aussi la beauté seulle en elle se resserre,
C'est la diuinité qui reside sur terre,
Qui rend par ses regards mon esprit enchanté,

C

On ne voit rien au monde apres ceste beauté,
A qui dois-je plustost dédier mon seruice,
La seruant c'est apprendre à detester le vice,
L'aymer vniquement, c'est cherir la vertu,
Car son esprit diuin de grace est reuestu,
I'estime ma deffaicte autant qu'vne victoire,
Ie luy donne mon cœur, ie l'immole à sa gloire:
Bel œil, Astre luysant! presage de mon heur,
M'offrant à te seruir, ce m'est vn grand honneur:
C'est pourquoy ie benis la cause de ma prise
I'ay trop gaigné, perdant ma premiere franchise,
Et me tiens bien heureux en cessant d'estre mien,
Ma douce seruitude, est ma gloire & mon bien;
Mais que dis-je! que fais-je, à quoy ceste parolle,
Est-ce vn songe; est-ce moy! quoy! que l'amour m'affolle,
Que i'entre en esclauage, & quittant le dieu Mars,
Pour seruir Cupidon, ses Flesches, & ses Darts,
Esleué dans l'honneur, nourry dans les batailles,
Dans les bras de Venus faire mes funerailles,
Crouppir d'oysiueté, renoncer aux combats,
Estant alicié de Venus aux appas,
Ce n'est pas faire l'homme, ains c'est faire la beste,
Sans esprit, sans raison, sans ceruelle, sans teste;
L'Amoureux, le Soldat, ont diuerses humeurs,
L'vn va chercher le vice, & l'autre les honneurs,
L'Amant coulle sa vie, en souspirs dans les larmes,
Le Soldat n'ayme rien que le bruict des allarmes,
Le fer, le feu, le sang, le foudre, les esclairs,
Briser, brusler, tuër, iusques dans les Enfers:
Pourquoy ce vain discours, helas elle est trop belle!

Pour ne l'adorer pas *et* pour m'eslongner d'elle ;
I'ay tort de me fascher de ma captiuité,
La voir *et* la seruir c'est ma felicité,
Ie luy donne mon cœur, ie l'offre à son seruice,
Ie m'expose à iamais pour elle en sacrifice,
Ses yeux, de mes trauaux adouciront le fiel,
Les baisant, ie boiray le Nectar hors du ciel ;

ACTE PREMIER.

SCENE CINQVIESME,

et derniere.

LE POETE PARNASSIN.

Ma foy i'ay du plaisir d'escrire vne satyre,
Ie mets martel en teste, *et* ne m'en fais que rire,
Ie donne des soubçons, ie broüille les humeurs,
Ie faints d'auoir reçeu souuent mille faueurs,
Des Dames, qui craignans la fureur de ma vaine,
N'osent s'en offencer, *et* tousiours sont en paine ;
Glycere en est picquée, elle m'en veut du mal,
Car i'ay dit, l'auoir veuë vn soir durant le bal,
Auec vn Caualier, se baisant bouche à bouche,
Qui depuis auoit eu le plaisir de sa couche ;
Vn Poëte se faict craindre, on n'ose l'offencer,
Quand vn vers est picquant, ie vous laisse à penser,
Si l'on n'ayme pas mieux, son amour que sa hayne,

Ayant l'vn on s'en sert, de l'autre on est en paine.

LE DVELLISTE ENTRANT.

LE POETE.

Mais qu'est ce Caualier?

LE DVELLISTE.

Bon iour, bon iour Remy,
He quoy donc te voyla! d'où viens tu cher Amy?

LE POETE.

Monsieur vous vous trompez me prenant pour vn autre,

LE DVELLISTE.

Comment te porte tu?

LE POETE.

A dieu Monsieur à d'autre,
Vous me cognoissez mal pour vouloir m'attaquer,

LE DVELLISTE.

Quoy ie te veux seruir, & tu te veux picquer,

LE POETE.

Vous dictes vray souuent dedans mes vers ie picque,
Les gens faicts comme vous en leur faisant la nicque,
Et m'en mets peu en peine,

LE DVELLISTE.

hà ! tu fais donc des vers,
C'est toy qui va loger à la ville d'Anuers ?

LE POETE.

Iustement,

LE DVELLISTE.

iustement ie cherche ta rencontre,
Ie te veux dire vn mot te treuuant sur la montre,
D'vne Dame d'Amour estre vengé ie veux,
Pour auoir mesprisé trop longuement mes vœux,
Faicts contre elle vn Sonnet, paints là dans ta satyre,
Compose vne chanson , afin d'en pouuoir ryre,
Tu peux presentement en cela m'obliger,
Ce bras te peut seruir, c'est dequoy te vanger,
I'ay du pouuoir assez & plus que tu ne pense,
Ie peux presentement te donner recompense :
Mets la main à la plume, ne tarde plus long-temps ;

LE POETE.

Ma foy il a raison, il prend son passe-temps
Iusqu'à demain Monsieur

LE DVELLISTE.

Vous entendrez l'aubade,
Ce bras vous veut apprendre à faire vne ballade,

D

LE POETE.

A l'ayde c'est un fou, fanfaron de Gascon,
Tu viens pour m'offencer à grands coups de Baston,
Tu verras qui ie suis, t'estrillant de la sorte,
Que tu dois promptement fuyant gaigner la porte;

LE POETE RESTE SEVL.

Quel coquin est-ce là! il n'espargnoit mon dos
Ie pense qu'il à creu que ie n'auois point d'os.

FIN DV PREMIER ACTE.

ACTE SECONDE.

SCENE PREMIERE.

ARGVMENT.

 YDIE premiere Maiſtreſſe de Major-
dome & de luy quittée pour aymer Gly-
cere, repreſantant ſa legereté, fulminera
contre luy, & le Poëte la ſurprenant dans
ſes coleres s'offrira de la vanger, le refuſant
pour en tirer ſa raiſon elle meſme, le Poëte ſe goſſant de
telles paſſions Amoureuſes n'aymant rien que la liberté.
Majordome ſuruenant pour venir conter les tourmens
que l'Amour luy faict ſouffrir pour Glycere ſa nouuelle
Maiſtreſſe, qui le refuſe (pour raiſon de Lydie qu'il a quittée) & l'accuſe de legereté. Lors Glycere conte au Duëlliſte toutes les importunitez & cajolleries qu'elle en a re-
çeuës, qui en deuient jaloux & la blaſme pour l'auoir eſ-
coutté, prend deſſein de faire appeller Majordome, dont
elle à regret de luy en auoir tant dit. Cependant Lydie ja-
louſe rencontrant Glycere la bat & veut eſtrangler, & le
Duëlliſte faict appeller le Majordome ſon riual, qui derechef battu quitte l'eſpée, qui ſera portée à Glycere, & fachée du deſaſtre du Duëlliſte cauſé par trop d'Amour,
quittera Majordome.

LYDIE.

IE meurs de desplaisir, & mon amour discrette,
Sans soulas, sans repos, sans remede est secrette,
Ie n'ose pas le dire, aucun ne le sçait pas,
Est-il plus dur martyre, ou plus cruel trespas?
Inconstant en tes vœux, legereté extresme,
Voy tu pas me perdant, que tu te perds toy mesme!
Qui t'oblige à quitter par ta legereté,
Vn gage si certain de ma fidelité,
Mon cœur souspiroit-il vne si douce flame,
Afin qu'on me priuast de l'ame de mon ame;
Quoy l'Amant que i'ayme bien plus que mes deux yeux,
A-t'il voulu changer (pour la terre) les cieux?
Changer vn bien commun, à l'amour immortelle,
Aymer vne vollage au lieu d'vne fidelle;
I'en auray la raison, ie l'en feray punir,
Tost ou tard, & ie veux l'en faire repentir;
Dieux qui tenez le Ciel! laissez vous sans vengeance,
Telle infidelité, punissez ceste offence,
Qu'vn vollage à commise, aymant legerement,
Celle qui va riant de mon cruel tourment.

LE POETE ENTRANT.

Ma Dame qui vous trouble, & qui vous rend pensiue,
Dictes le moy de grace, il n'est homme qui viue,
Qui vous aye offencée, ou voullu offencer,
De faict, ou de parolle, ou du moindre penser,
Qu'il n'en face raison, qu'il ne vous satisface,
Ou ie vous le rends mort, roide sur ceste place:

Ou bien si vous voulez il sera dans mes vers,
Ainsi qu'vn scelerat, vn perfide, vn peruers,
Cela ne peut venir que d'vne ame infidelle,
Offencer ces beaux yeux, ceste bouche si belle,

LYDIE.

Tu dis vray; ie voulois l'aymer iusqu'à la mort,
Nous nous estions liez d'vn lien si tres fort,
Ie l'estime bien plus, qu'on ne faict la lumiere,
En auoir pris vne autre, en laissant sa premiere,
O l'ingrat! le meschant, il ma voulu quitter,
Et dans vn autre Amour, s'aller precipiter;
Le iour qu'il me rauit la moitié de ma vie,
Et qu'il me promettoit dans la mort estre vnie,
Pourquoy ne m'ostoit-il soudain l'autre moitié,
Nous estions trop vnis d'vne esgale amitié,
O traistre! que i'aymois entre toute autre chose,
Tu as trop bien caché l'espine soubs ta rose,
Tu as par tes baisers couuert ta trahison,
En meslangeant le sucre, auecque le poison,
Non! ie n'y veux chercher vengeance ny iustice,
Les Dieux luy donneront vn plus cruel supplice,

LE POETE RESTE SEVL.

Que n'aymer point du tout sied bien aux belles ames,
Que l'amour est cruel nous bruslant de ses flames,
Qu'on endure de mal aymant fidellement,
Ceste Dame amoureuse, en souffre le tourment;
Il n'est que d'estre libre; & garder sa franchise,
De l'aueugle Archerot empescher la surprise,

E

Qui pourroit agiter nostre esprit sans repos,
Et nous mener là bas au siege de Minos ;
Pour moy ie le renonce & n'ayme rien qu'vn verre
Pour noyer les ennuis, les Amours, & la guerre,
En beuuant à longs traicts du jus delicieux,
Comme on boit l'Ambrosie & le Nectar aux cieux,
Aymant mille fois mieux à boire à longue haleine,
Que de suiure d'Amour ceste cruelle peine ;
C'est sottise d'aymer si ce n'st le bon vin,
Il chasse les soucis, & rend l'esprit diuin,
Beuuons & puis beuuons tousiours à plaine tasse,
L'aage ainsi que le iour insensible se passe,
Nous menant doucement à la fin de nos iours,
Qui vont tousiours auant sans rebrousser le cours,
Car pour les arrester ne seruent les prieres,
Non plus que de vouloir retenir les riuieres,
Et iamais on a veu retrograder les pas,
De ceux qui sout passez de là vie au trespas.

ACTE SECONDE.

SCENE DEVXIESME.

LE MAISTRE D'HOSTEL.

Solitaire sejour des ames affligées,
Vielles hautes forests de deux ciecles aagées,
Qui conseruez l'ennuy, le silence & l'effroy,

Iamais vit-on Amant plus mal-heureux que moy,
Depuis qu'en vos deserts doucement & sans craintes,
Pour adoucir ses maux quelqu'vn y fit ses plaintes,
Aussi-tost que le iour vient parestre à nos yeux,
Que la nuict se retire, afin de voir les cieux,
Ou que son ombre obscur, du faiste des montagnes,
Descend tout en coup, tombant sur les campagnes,
On n'entend que ma plainte en sanglots & souspirs,
L'Esco va raisonnant ma clameur & mes cris,
Si le sommeil me prend, souuentesfois les songes,
Viennent tromper mes sens, par de si doux mensonges,
Qu'ils donnent à mes sens vn petit reconfort,
Mais l'as! à mon resueil, ie voudrois estre mort,
O! que c'est trop souffrir pour raison d'vne abscence,
Que ie mets à haut prix, si chere cognoissance:
Faut-il Amour faut-il que le commencement,
Soit la fin de mon aise & de mon iugement.

GLYCERE ENTRERA.

LE MAISTRE D'HOSTEL.

Ma Dame, que ce iour soit la fin de ma vie,
Si mon cœur (qui est vostre) à iamais nulle enuie,
D'aymer ou de seruir aucune autre beauté,
Vsez vers luy de grace, & non de cruauté!

GLYCERE.

Pensez vous me surprendre auec vos artifices,
Vos Amours desguisez, vos supposez seruices;

Vos soußpirs, vos sermens, par vous au vent iettez,
Me sont quand ie vous vois, des importunitez.

LE M. D'HOSTEL.

Cruelle! la froideur, dont vostre ame est glacée,
Vous faict voir mes ennuys, des yeux de la pensée,
Et ne daignez les voir des yeux de la pitié,
Madame! receuez ma constante amitié.

GLYCERE.

Mon amour tres constant, à d'autres vœux m'appelle,
Vous aymez à changer, vous estes infidelle,
Vous perdez vostre temps, n'esperez rien de moy,
Que pensez vous gaigner de m'offrir vostre foy?

LE M. D'HOSTEL.

D'adoucir la rigueur d'vne beauté si rare,
De rendre plus humain, vn esprit si barbare,
Hé doux yeux! logez vous la cruauté au cœur,
Ces dous riants attraits couurent-ils la rigueur?

GLYCERE.

Non; croyez que l'amant qui mes amours possede
Merite plus que vous, & de bien loin precede,
En courage, & valleur, vostre perfection,
Il n'a point de riual dans mon affection,
A dieu.

LE M. D'HOSTEL.

Cruelle

GLYCERE EN SORTANT.

A dieu l'inconstant & volage ;

LE M. D'HOSTEL.

Vn Tygre, vn Leopard, seroit-il plus sauuage ?
I'en auray la raison, ie verray son galland,
S'il est autant Soldat, qu'il est fidelle amant :

ACTE SECONDE.

SCENE TROISIESME.

LE DVELLISTE ET GLYCERE.

GLYCERE.

Mon cœur qu'il m'ennuyoit de ta si longue absence,
I'ay pensé mille fois mourir d'impatience ;
On m'a voulu seduire, on a voulu m'aymer,
Vn importun vouloit de ses feux m'enflamer,
Me suiuoit pas à pas, contant son esclauage,
Disoit que mes beaux yeux le tenoient en seruage,
Qu'il mourroit pour m'aymer par trop fidellement,
Qu'il souffroit sans me voir, vn tres cruel tourment,
Bref, si tu vis iamais creature affligée,
C'est celuy qui pensoit me tenir obligée.

E

LE DVELLISTE.

Quel est cét impudent, qui vient dessus mes pas,
Quoy! voulloir m'offencer! ne le cognois-je pas?
Me rauir mes amours! voulloir la jouyssance,
D'vn bien qui m'est plus cher que tout le bien de france,
Attenter impudique, à la pudicité,
D'vne Dame d'honneur, miroir de chasteté!
Il s'en repentira : i'auray de ses nouuelles,
Qu'il aille à d'autres sainéts pour offrir ses chandelles;

GLYCERE.

Mon cœur vous vous fachez : ie ne vous cele rien,
Ie vous ay faiét vn conte à seruir d'entretien,
Pour passer vostre temps, & pour vous faire rire,
De ce fol, qui voulôit me conter son martire,

LE DVELLISTE.

Vous l'escoutiez par trop, & preniez du plaisir,
A vous voir cajoller, puis qu'il auoit desir
De vous gallantiser, vous offrant ses seruices,
Voulant sur vostre autel, faire ses sacrifices,
Il falloit coupper broche, & ne l'escouter pas,
Sous la langue d'vn homme on treuue mille appas,
L'oyseleur, de son chant attire dans sa cage,
L'oyseau, quand il se plaist d'escouter son ramage,
La femme est inconstante, on la peut engager,
Par l'Or, par le discours, elle est en grand danger,
Permettant qu'on l'approche, & peut estre surprise,

Chasteau qui parlemente, est proche de sa prise,
Et bien, bien c'est assez:

GLYCERE.

quoy mon cœur!

LE DVELLISTE.

il suffit,
D'auoir appris de vous, tout ce qu'il vous à dit,

GLYCERE SEVLLE.

Amour cruel tyran, tu tourmente ma vie,
Tu me reduits au point de n'auoir plus d'enuie,
D'aymer à l'aduenir, (&) viure en liberté,
L'vnique bien du monde, & sa felicité;
Dieu sçait si j'escoute les offres de seruices,
Que me fit Majordome, & tant de bons offices,
Qu'il me venoit offrir, ny ses riches presens,
Ie vous prens à tesmoings vous y estiez presens,
Les refusay-je pas! pendant, la jalousie,
Va brouiller son esprit de pure frenesie;
A l'aduenir plus fine & pour ne l'offencer,
Ie me garderay bien de rien luy confesser.

ACTE SECONDE.

SCENE QVATRIESME.

LYDIE.

Si quelqu'vn estonné de l'ardeur de mon ame,
Veut aller contempler le subiect de ma flame,
Admirant mon Amant, si rare & si parfaict,
Aussi-tost cessera d'en admirer l'effect :
Il verra sa beauté qui cause mon seruage,
Et me condamnera de l'aymer d'auantage,
Si iamais on pouuoit d'auantage l'aymer,
Et mon cœur dans les feux de l'amour consummer,
Mais quoy ! c'est vn vollage il ma trop offencée,
Qu'il soit hors de mon cœur, bany de ma pensée,
Que ie n'y songe plus, qu'il me soit estranger,
Puisque legerement il ma voulu changer :
Que dis-je ! il n'a failly : mais bien ceste infidelle,
Qui me l'a suborné, pour l'auoir auprés d'elle,
Glycere ! c'est à toy de m'en faire raison,
I'yray te poignarder iusques dans ta maison.

LYDIE LÀ VOYANT ENTRER.

Là voicy ! mais voyez comme elle faict la dame,
Qui dira la voyant qu'elle est honneste femme,
C'est dequoy desbaucher les jeunes esuentez,
Voyez-la se mirer dedans ses vanitez,

Il la faut accoster, bon iour la bien pourueuë,
Vous rendez mal-heureux l'Amant de qui la veuë
Ne regarde que vous, & n'a point d'autre object
Que vos yeux clairs brillants, pour y voir son portraict,
C'est son vray naturel, car comme il est vollage,
Vos yeux sont comme esclairs au milieu d'un orage,
Tousiours en mouuement, & de nuict & de iour,
Pour tascher d'attrapper quelque sot en amour;
Celuy qui me voyoit, maintenant vous contemple,
Vous l'auez attiré; des vertus c'est l'exemple,
L'vnique en fermeté qui n'a point son pareil,
Beau, clair, brillant, bruslant, vn miroir, vn soleil,
Pourtant, sans vanité, tu n'as rien que mon reste,
Il m'estoit à degoust, ie le iure & proteste,
Il me suiuoit par tout, m'importunant si fort,
Que pour ne le voir plus, ie souhaittois la mort.
Qu'en dis-tu?

GLYCERE.

ie m'en ris

LYDIE.

Dequoy?

GLYCERE.

de ta sotrise,
Tu dis l'vn pensant l'autre, & par telle feintise,
Tu crois me bien fascher, escoutant tes discours;
Pour ne pouuoir le voir, tu te meurs tous les iours.

G

Tu bruſle à petit feu, ta grande jalouſie,
Te l'imprime preſent dedans ta fanteſie,
Tu ſers d'ombre à ſon corps, en adorant ſes pas,
Et de t'auoir aymée il ne s'en ſouuient pas:
Le chien gardant les fruicts, aux champs dans vn cloſage,
De n'en pouuoir manger, il abboye de rage,
Si l'on en veut cueillir, ſi l'on en veut manger,
Ma foy tu es de meſme & ne m'en veux venger:
Meſpriſant ton diſcours, ie te laiſſe tout dire;

LYDIE.

Vous m'offencez par trop, ie n'y treuue que rire,
Vous aurez ſur le nez, i'auray l'eſcoiffion,

GLYCERE.

Impudente,

LYDIE.

Arragée.

GLYCERE.

O Dieu! miſericorde,

LYDIE.

T'es cheueux ſeruiront de lien & de corde,
Ie te veux eſtrangler,

GLYCERE.

Où me veux-tu mener?

LYDIE.

Iuſques dans ta maiſon, ie m'en vay te traiſner:

ACTE SECONDE.

SCENE CINQVIESME.

LE DVELLISTE ET DVRACIER SON
SECOND ENTRERONT.

LE DVELLISTE.

La vengeance & l'amour, me bruslent de leur flame,
La rage, & la colere, ont assiegé mon ame,
Ie ne suis plus à moy ; car ces deux passions,
Tourne-virent mes sens de mille affections,
La vengeance m'emporte à beaucoup entreprendre,
Et l'amour me retient, & suis forcé de rendre,
Mes vœux à ses Autels : & lors Mars plain d'horreur,
Recueille mon courage, & me met en fureur :
Donne moy ton aduis, amy que dois-je-faire,
I'ay besoin de conseil à resoudre l'affaire ;
Que ne suis-je aux deserts des mortels incongnus,
Où Mars & Cupidon, ne sont iamais venus,
I'y bastirois vn Temple à faire ma demeure,
Sans armes, sans amours, iusqu'à ma derniere heure :
En pleurant les regrets qui m'affligent si fort,
Que ie n'ayme rien tant que de baiser la mort,
Qu'il faille qu'vn riual de nature sauuage,
I'ay la force & le droict, luy la crainte & le tort :

Possede ma Maistresse & la tienne en seruage,
Ie mourray mille fois plustost que l'endurer;
D'vn amy au besoin on se peut asseurer,
M'est tu pas de ce nombre? à me rendre seruice!
Porte luy ce Cartel; rend moy ce bon office.

DVRACIER SECOND.

Monsieur; c'est le conseil qu'eussiez reçeu de moy,
Ie suis du tout à vous ne douttez de ma foy;
Ie vous demande vn poinct; par tres-humble priere,
De ne me laisser pas les daux bras sans rien faire
Ie vous serts de second, & ne vous quitte point,
Aussi tost comme vous i'auray l'espée au point.

LE DVELLISTE.

Non! ie ne doutte pas de ton braue courage,
L'amy, dans les perils iamais l'amy n'engage,
Ie te garde pour mieux, croy moy fidellement,
Me battre seul à seul; c'est mon contentement:
Va donc sans plus tarder, dis-luy qu'en ceste place,
Ie l'attends pourpoint bas; va promptement de grace.

DVRACIER.

Aussi tost faict que dit, i'y vay tout de ce pas,
Ie tarderay bien peu ne vous ennuyez pas!
Ie vous l'ameine icy; s'il manque de courage,
Vous m'en excuserez; ayant faict mon message.

LE DVELLISTE.

Allez sans plus tarder, il seroit desia mort,

LE M. D'HOSTEL ENTRANT.
LE DVELLISTE.

Mais le voicy venir, c'est luy, comme il me semble,
Luy mesme asseurement, ie voy bien comme il tremble,
Mon seul regard le tuë, il le faut accoster,
Il me croit bien plus loin, ie m'en vay le taster :

LE DVELLISTE EN PRESENCE.

Viste l'espée au poing, voicy la derniere heure,
Que dans les voluptez tu feras ta demeure,
Venus & Cupidon, ne sont pas assez forts,
Pour empescher ta course au Royaume des morts !

LE M. D'HOSTEL L'ESPE'E A LA MAIN.

Que veux tu Rodomont; tu combats de paroles,
Mais tu manques d'effect : ie ris de ces friuoles,
Puisque tu veux mourir, pare, bon pied, bon œil,
Rend l'espée & la vie, & va droict au cercueil :

SORTIRA R'EMPORTANT SON ESPE'E
DISANT.

Qu'on le face inhumer : à Dieu belle moustache,
Tu n'est plus querelleux, Rodomont ny brauache,
Tu pontillois par trop, te plaisant d'offencer :

LE M. D'HOSTEL SORTY.
LE DVELLISTE.

Venez me secourir, & me faire penser,

H

ACTE SECONDE.

SCENE SIXIESME

LE MAISTRE D'HOSTEL TENANT
GLYCERE PAR LA MAIN.

Ma Dame vos vertus, & vos rares merites,
Vous donnent vne place au deſſus des Charites,
Vos douceurs, vos attraits, la beauté de vos yeux,
Ce ſont dons tous diuins, d'eſtinez pour les dieux :
Et iuſtement peut-on tenir pour temeraire,
Celuy qui vous ſeruant, aſpire à vous complaire :
Pardon doncques Madame, excuſez mon amour,
Aux rayons de vos yeux, ie bruſle nuict & iour,
Ie ſçay voſtre beauté, d'eſſence eſtre immortelle,
Qu'on permet d'adorer, non pas d'aprocher d'elle :
Mais que feray-je, helas! amour ſans nul repos,
M'afflige, me conſumme, & bruſle dans les os.

GLYCERE.

Monſieur, remettez-vous, ie n'ay tant de merites,
Pour me vouloir placer au nombre des Charites,
L'amour vous rend aueugle & vous bande les yeux,
Faiſant que me croyez de meriter les dieux,
Ie ſuis toute mortelle, & pauure creature,
Imbecile de corps, d'eſprit & de nature,

A la mercy d'vn homme, à qui mon amitié,
N'a peu mollir le cœur, pour en auoir pitié
Car mesprisant mes feux, tout plain de jalousie,
Formant dans son esprit, diuerses fantezie,
De soubçons, de ranqueurs, de craintes de desdains,
Me quitte, me celant, ses funestes dessains.

LE M. D'HOSTEL.

Madame, en peu de mots vous en sçaurez l'histoire,
Ce fanfaron auoit peu d'amour moins de gloire,
Ie ne veux pas pourtant comme faux blasonneur,
Accuser son Amour, & trahir son honneur:
Mais dire en verité, que son peu de seruice,
N'auoit pour fondement que le blasme & le vice,
Se deffiant de vous; ie me fonde en ce point,
Qu'vn homme estant jaloux, d'amour n'a du tout point,
Qu'est-ce que vray amour! c'est vne claire flame,
C'est vn ardant desir, qui nous eschauffe l'ame,
C'est vne viue ardeur, vn feu que Promethé,
Auoit comme l'on dit du Soleil emprunté,
Dans ses rayons dorez, d'vne clarté subtille,
Pour y mieux animer, son ouurage d'argille.
La passion jalouse, est vne froide peur,
Qui le sang nous congelle, & nous glace le cœur;
C'est vn puissant poison, qui glissant dans nos veines,
Nous ostant le repos, nous donne mille peines,
Nous faict suër, trembler, les fiebures en tout temps,
Et qui faict naistre en nous, vn hyuer au printemps;
Amoureux & jaloux; c'est le feu & la glace,
Deux contraires ne sont iamais en mesme place;

Il faudroit que le feu, y laissast son ardeur,
Autrement : que la glace y perdit sa froideur ;
Si c'estoit qu'en mesme heure vne ame fut saisie,
D'vn Amour tout ardant, & froide jalousie ;
Doncques ce jeune Amant, qui s'offençoit de tout,
Rendu jaloux de moy pense en venir à bout,
Me vient porter parole & croit comme il luy semble,
Estre jaloux Amant, & courageux ensemble ;
Il tire vne estocade, à son premier abord,
Ie la pare, & passant, ie luy donnay la mort.

GLYCERE ESTONNE'E.

Est-il mort ?

LE MAISTRE D'HOSTEL.

Peu s'en faut,

GLYCERE FASCHE'E.

Hé dictes moy de grace,
Où fut laissé le corps,

LE MAISTRE D'HOSTEL.

Estendu sur la place,
Ayant pris son espée & viens vous l'apporter,
Vous offrir mon seruice, & mon cœur presenter ;

GLYCERE PLEVRANTE.

Pour trop aymer mes yeux, il a perdu la vie,

LE

LE M. D'HOSTEL.

Vn homme n'ayme pas qui meurt de jalousie,

GLYCERE SORTANT.

Monsieur jusqu'au reuoir, i'ay le cœur trop pressé:

LE M. D'HOSTEL.

Madame il n'est pas mort, mais seulement blessé,
Que de maux pour aymer? vne ame est bien heureuse
Qui la vertu cherit & s'en rend amoureuse!
C'est aymer la vertu d'aymer vne beauté,
Ie vay la voir chez elle en toute priuauté,

FIN DV SECOND ACTE.

ACTE TROISIESME.

SCENE PREMIERE.

ARGVMENT.

E Maistre d'Hostel ayant appaisé & gaigné Glycere, jouyra d'elle soubs promesse de Mariage ; cependant vn Maistre d'Escrime nommé Gladiateur, son Preuost nommé Creat, & vn Soldat nommé la Verdure, tireront des Fleurets & seront apportez vn Plastron & vne Cuirasse, le Duëlliste y arriuant sera bourré du Soldat qui de dépit l'appellera, duquel il sera derechef battu ; puis Glycere se plaignant du Maistre d'Hostel pour la perte de son honneur, par sa jouyssance derechef luy promettra mariage. Et le Duëlliste malheureux, quoy que tousiours battu, ayant faict Alliance auec l'Ordinaire nommé Arimand, faignant d'estre appellé pour voir son courage, l'Ordinaire picqué de ce doubte & de sa fourbe, l'oblige de mettre l'espée à la main, & est blessé par Arimand.

LE M. D'HOSTEL TENANT GLYCERE

Madame seruons nous du loisir qu'on nous laisse,
Recompensons les iours que par vostre simplesse
Et ce faux poinct d'honneur, en vain i'ay consummez :
Nous ne craignons plus rien, tous les huis sont fermez,
Vostre mere est aux champs, i'ay gaigné la suiuante,
Nous ne sommes guettez d'aucune ame viuante;
Approche toy mon cœur, despeschons vistement,
Donne fin à ma peine, allege mon tourment,
Que l'imprime vn baiser sur ceste belle bouche :
Tu refuses mon cœur ! quoy ! tu faits la farouche ?
A ceste heure ie veux contenter mon desir,
Pour deux ans de trauaux, vne heure de plaisir;
Quoy ! me repousse-tu; de ce point où i'aspire ?
Me l'accordant cent fois, il n'en deuiendra pire,
Croyez-le de certain, il n'amoindrit iamais,
Plustost il agrandit; ouy ie te le promets,
Mais tu fais la facheuse, à quoy bon tant de mine,
Me l'as tu pas promis; pourquoy faicts tu la fine,
Il est temps de cueillir la fleur de tes beautez,
Ma foy peut-elle point fleschir tes cruautez ?
Ay-ie semé deux ans sur vn champ infertile,
Le laissant à present comme vn bien inutile ?

GLYCERE.

Monsieur, ie suis à vous, mais ie crains mon honneur,
Que dira-t'on de moy, viuante en deshonneur ?
Vne rose cueillie est bien tost mesprisée,

Quand la fille à faict faute elle sert de risée :
Aymons nous sans rien faire, & passons nostre temps
A voir les beaux Iardins dans la ville & aux champs,
Allons au cours ensemble, & voir la Comedie,
S'il ennuye à Paris, allons en Normandie
Pour y faire vne beste, & puis dancer au Bal,
Nous serons en Carroce aux iours du Carneual ;
L'Amour auec l'honneur :

LE M. D'HOSTEL.

l'honneur n'est que chymere,
C'est dequoy vous berçoit au maillot vostre mere
En vous faisant maint conte à faute de discours ;
Pensez-vous qu'vn Amant fut mort sans son secours
S'a vie despendant de coucher auec elle,
Quand ieune elle brusloit de chaleur naturelle ?
Non non ; elle estoit femme, & prenoit du plaisir,
A gouster à longs traicts des Amants le desir ;
Hastons nous petit cœur, le temps qui tout efface
Ternira ces beaux Lys qui parent vostre face,
Ces cheueux ondoyants tomberont quelque iour,
Faisons-en des liens aux delices d'Amour ;
Et puis que les saisons courent d'vn pied si viste,
Ne perdons point le temps où l'Amour nous inuiste,
Si ne voulez venir, ie vous-y veux porter.

GLYCERE EMPORTE'E.

A l'ayde ! à dieu l'honneur, ie n'y peux resister.

ACTE

ACTE TROISIESME.

SCENE DEVXIESME.

LE MAISTRE D'ESCRIME GLADIATEVR.

LE PREVOST DE SALLE. CREAT.

LE SOLDAT. LA VERDVRE.

Creat prend tes fleurets , tire vn coup d'estoccade ,
Et bourre le pourpoint , à ce tien camarade ,
Viste battez le fer , pouffez , gardez les yeux ,
Tirez , vn peu plus bas , aduancez voyla mieux ,
Mettez vous fur la tierce , ayez la jambe drette ,
Tirez plus bas , parez , du tallon de la brette ;
Aduancez , de pied ferme , & bourrez fon pourpoint ,
Bon : cefte botte franche ; a porté bien à point.

LA VERDVRE CROISANT LES ARMES.

Mon maiftre excufez moy , car faute d'exercice
Ie n'ay rien faict qui vaille ,

LE GLADIATEVR.

Accepte mon feruice ,
Ie m'offre à te monftrer quand tu és de loifir ,
Viens me voir tu ne peux meilleur maiftre choifir ;
Faute de t'exercer , fi tu manque d'haleine ,
Ne t'en eftonne pas ; en moins d'vne fepmaine ,

K

Ie te faicts souftenir toutes fortes d'affauts,
Aduancer l'eftoccade, à bons, à petits fauts;
Croy moy tu feras bien ie te veux rendre maiftre,
Et dans bien peu de temps te le feray pareftre.

LA VERDVRE.

Vous m'obligez par trop, ie n'ay pas le pouuoir
De vous recompenfer, à l'efgal du vouloir;
Mais fi ie peux iamais vous rendre vn bon office,
Tenez pour affeuré mon tres-humble feruice.

LE GLADIATEVR.

Ie vous baife les mains, trefue de compliment,
Ie vay monftrer en ville, & reuiens promptement:
Cependant qu'on s'exerce, & tirez de mefure
Bas: car l'œil, où la dent, y courent aduenture.

LE DVELLISTE.

Compagnon, l'on ma dit que tu fais affez bien,
C'eft ton feul exercice, & tout ton entretien,
Voudrois-tu m'obliger de te mettre en deffence?
Ie vay prendre vn fleuret pour te voir en prefence,
Tirons vne eftoccade, allonge, pouffe fort.

LA VERDVRE LVY PORTANT.

Puis que vous le voulez, de ce coup fuffiez mort.

LE DVELLISTE.

La botte n'eft pas franche, hà! Coyon tu recules.

LA VERDVRE.

C'eſt pour mieux enfoncer, mais moy ie vous acules,
La botte eſt elle franche? il faut le confeſſer,

LE DVELLISTE.

Tirons encore vn coup.

LA VERDVRE.

ie crains de vous bleſſer,
Prenez donc ce plaſtron, ou ce corps de cuirace,
Si ie faicts tout à bon ie vous mets ſur la place,

LE CREAT.

Vous voyez à l'effect qu'il eſt rude joüeur,
Chacun le tient ceans pour tres bon eſcrimeur,

LE DVELLISTE A LA VERDVRE.

Tu te goſſes de moy, tu prens ton aduantage,
Tu bas fort bien le fer, mais contre toy ie gage
Qu'eſtant à la campagne, eſloigné de ce lieu,
La crainte de mourir feroit perdre ton jeu,
Car tu n'as iamais veu l'éclat d'vne eſpée blanche,
La tienne en l'action pourroit trembler au manche;
En voudrois-tu deſcendre vn coup tant ſeulement?
Ie te faicts de l'honneur, à y moy ton ſentiment

LA VERDVRE.

Monsieur vous m'obligez, l'heur de vostre naissance ;
Me tient dans le respect, & m'oste l'asseurance,
De m'esgaler à vous : car vostre qualité,
M'esblöuyt ; mais non pas vostre espée au costé :

LE DVELLISTE.

Quittons là tout respect, laissons le loin derriere
Penses-tu que ie sois d'vne humeur si altiere
De vouloir mespriser par vaine ambition ?
Vn Soldat courageux pour sa condition ;
Ie me battis vn iour en Piémont, contre vn Prince
Qui prit vn Duc & Pair Gouuerneur de Prouince
Pour estre son second : & n'auois qu'vn suiuant
Qui pour faire en Duël s'offroit à tous venant :
Allons y de ce pas, c'est dequoy ie te presse,
Pour voir si ton courage esgalle ton adresse.

LA VERDVRE.

Monsieur, ce que i'ay dit n'est pour vous offencer,
I'aymerois mieux mourir plustost que d'y penser,
Ie portois vn mousquet durant le temps de guerre
Pour y seruir mon Roy, le plus grand de la terre,
Ayant eu cét honneur d'y pouuoir paruenir,
D'eust-on mourir cent fois il faut le maintenir,
Ie suis pauure Soldat, compagnon de fortune,
I'ay couché à la haye, au beau clair de la Lune ;
Ie ne vous mettray pas le marché à la main,

D'esperer

D'eſperer cét honneur ie ne ſuis pas ſi vain,
Mais ſi le commandez ie vous doibs tout ſeruice,
Ie vous ſuiuray par tout au peril du ſupplice.

LE DVELLISTE.

A quoy tant de diſcours qui n'ont iamais de bout,
Mets l'eſpée à la main, où ie diray par tout
Et à ton Capitaine, & dans ta compagnie
Que tu n'és à rien bon qu'à jetter en voyrie :

LA VERDVRE.

Hà ! c'eſt trop enduré :

LE DVELLISTE.

ſus donc le pourpoint bas ;

LE CREAT.

Meſſieurs, tout beau, reſpect, ie ne ſouffriray-pas
Qu'on ſe batte ceans, ſortez en plaine ruë,
Mettez l'eſpée au poing du chacun à la veuë.

LE DVELLISTE.

Sortons de ce logis ce ſera bien toſt faict,
Tu trembles, as tu plus de mine que d'effect,
Suis moy ; à dieu Creat ; tu manque de courage ;

LA VERDVRE.

Allons c'eſt par trop dit, ie ſouffre trop d'outrage ;

I.

Vous estes Rodomont, arrogant, pointilleux,
Ma foy les plus vaillants sont les moins querelleux,
Vous m'auez trop picqué parlant de la voyrie,
Vous estes mort.

LE DVELLISTE.

Tout beau ; Soldat sauue la vie,

LA VERDVRE EMPORTANT L'ESPE'E.

Rends l'espée, & iamais ne sois plus si altier,
Offençant un Soldat qui sçait bien son mestier.

LE DVELLISTE SE LEVANT SEVL.

Que ie suis mal-heureux la marastre fortune,
Se plaist à m'affliger & de m'estre importune,
Ie suis tousiours battu, mon courage trop fort
Me faict voir tous les iours l'image de la mort.

ACTE TROISIESME.

SCENE TROISIESME.

GLYCERE.

Ie n'eusses pas pensé qu'apres tant de promesses,
Il eust voulu voler de ses mains larronnesses
Mon honneur, qu'il tenoit captif, emprisonné,
Il l'a dans ses liens doublement enchaisné :

Ie croyois me deffendre, & d'vn courage extresme
Pour garder mon honneur, plustost perdre moy-mesme.
Aller iusqu'à la mort, à l'Amour resistant,
Mais! mon cœur abbatu, ne fut assez constant,
Las! mon Dieu! qu'en Amour, l'amour à de puissance,
Que le cœur d'vne fille est de libre creance,
En Amour aysement on va persuadant,
Dessus vn foible esprit les desirs d'vn Amant:
Ma deffaicte luy donne vn plaisir plain de gloire,
Ma honte & mon honneur sont fruicts de sa victoire,
Il sçait que dans ses lacs captiue ie me mets
L'honneur que i'ay perdu, ie ne l'auray iamais.

LE MAISTRE D'HOSTEL LA
SVRPRENANT.

Ie t'y surprens mon cœur, tes soupirs & tes larmes,
Combattent ton esprit auec ses propres armes,
Arme toy de constance, ayme ma fermeté,
Tu t'acquiers en m'aymant l'entiere liberté;
Vous me vouliez donner vos faueurs par vn songe,
Vous pensiez m'abuser en vsant de mensonge?
Vostre bouche & vos yeux, de l'honneur ennemis,
M'ont dit que pour l'Amour l'effect estoit permis;
Il falloit aussi bien que i'en fusse le maistre,
Vous n'estiez plus à vous, & vous vouliez y estre,
Surmontant le destin, vaincre vostre mal-heur,
Voyla le faux object d'vne vaine douleur:
Allons ny songeons plus, estes vous pas contente?
Vous estes mes Amours, mon support mon attente,

Ie ne vis que par vous, j'adore vos beaux yeux,
Ceste bouche merueille, & ces flotans cheueux,
Donne moy vn baiser! tu recule ma blonde,
C'est que tu es honteuse en voyant tant de monde;
Allons, entrons chez nous, tous seuls, & à loysir,
Nous pourrons contenter nostre amoureux desir.

ACTE TROISIESME.

SCENE QVATRIESME.

LE DVELLISTE.

I'ay faict vne alliance auec vn Ordinaire,
Que chacun tient vaillant, & non pas temeraire,
Nous nous sommes donnez, l'vn à l'autre la foy,
Et de luy m'assurant, il s'asseure de moy;
Ie le veux esprouuer, & d'vne ruse fine.
Sçauoir si sa valleur correspond à sa mine;
Il est haut & puissant, bon port, bonne action,
Mais tout cela du vent, sans resolution,
A bien cognoistre vn homme, il faut voir son courage,
Il n'est rien si trompeur que les traicts du visage:
Ie m'en vay le trouuer, luy faignant qu'vn Cartel,
Me vient d'estre apporté pour me battre en Duel.

L'ORDINAIRE ENTRANT.

Il sort de son logis & vient dessus la place,
Luy dire à la rencontre aura meilleure grace:

Caualier!

Caualier, ton courage, & ta ferme amitié
Me font ouurir mon cœur, ainſi qu'à ſa moitié,
Nous nous ſommes liez d'une telle franchiſe,
Qu'il te faut declarer toute mon entrepriſe,
Ce fanfaron de Cour !

L'ORDINAIRE.

Quoy !

LE DVELLISTE.

m'a faict appeller ;

L'ORDINAIRE.

Ie vous ſerts de ſecond, il nous y faut aller ;
Mon eſpée eſt paſſable, elle eſt courte, il n'importe
Il s'en faudra ſeruir ; c'eſt ainſi qu'on les porte ?
Allons donc promptement, pour n'eſtre les derniers,

LE DVELLISTE.

Il doibt venir icy, nous ſommes les premiers,
Attendons vn petit, ou voyons dans la plaine
S'il ſe deſcouure point.

L'ORDINAIRE.

non, c'eſt choſe certaine,
On n'aperçoit perſonne ; auroit-il bien la peur
Pour ne s'y treuuer pas ? eſt-ce point vn trompeur ?

M

LE DVELLISTE.

Non certes : c'est moy seul ; douttant de ta vaillance,
I'ay faint d'estre appellé, pour voir ton asseurance ;
Ie t'en ayme bien plus ; & crois asseurément
Que ie te seruiray.

L'ORDINAIRE.

Et brisons ce compliment ;
Ie croy que ma valleur est assez recognuë,
Sans qu'on d'eust pour la voir me seruir d'vne fuë,
Les galants de la Cour sont assez informez,
Si pour bransler au manche on m'a tiré le nez ;
Ie suis semblable à l'or passé par la coupelle,
Ma valeur est cogneuë, on ne doutte point d'elle ;
Doubter, c'est m'offencer ; i'en veux auoir raison,
On m'a veu tant de fois dedans l'occasion

LE DVELLISTE.

Mon cœur, ny pense point, amy, hé ie t'en prie !
Ie l'ay faict pour en rire & par galanterie,
Conseruons nous ensemble, & viuons en amis,
Ne donnons point de prise à tous nos ennemis.

L'ORDINAIRE L'ESPE'E A LA MAIN.

Que viens-je faire icy, pour enfiler des perles ?
Deux heures prés d'vn bois à ouyr sifler les merles :
Non, non, n'en parlons plus :

LE DVELLISTE EN PRESENCE.

hé! viuons en repos;

L'ORDINAIRE TIRANT L'ESTOCADE.

Vous me rompez la teste, auec. tant de propos,
Parez si vous pouuez.

LE DVELLISTE PARANT.

C'est mon port & ma gloire!

L'ORDINAIRE PASSERA EN LE
BLESSANT.

Mets ton espée à bas, i'ay sur toy la victoire:
Qu'on le face penser, il est blessé au bras,
Cadet va te coucher tout droict entre deux draps.

SERA ENLEVE' DERRIERE LA
TAPISSERIE.

FIN DE L'ACTE TROISIEME.

ACTE QVATRIESME.

SCENE PREMIERE.

ARGVMENT.

L E Duëlliste le bras à l'escharpe, venant seul déplorer son infortune, est surpris par Glycere, qui le conseillera dans ses mal-heurs de se rendre Hermite, & le Maistre d'Hostel rencontrant l'Ordinaire absent de la Cour depuis long-temps, le voudra marier à Lydie, qui tousiours dans sa passion Amoureuse du Maistre d'Hostel, refusera l'Ordinaire dont ils resteront fort estonnez.

LE DVELLISTE.

Grand Soleil, quand tu sorts du beau milieu de l'onde,
Esclairant les humains qui viuent dans le monde,
Tu ne luis pas pour moy, car pour moy tu ne sorts,
Tu luis pour les viuants, & non pas pour les morts:
Ma vie n'est plus vie, apres tant de trauerses,
Tant d'ennuis, tant de maux, de pleurs & de tristesses,
Ie vis dans les malheurs continuellement,
Et meurs dans les plaisirs & le contentement.

L'air

L'air, la Terre, & les Cieux me sont inexorables,
Ie suis plus affligé que les plus miserables ;
Et ceux qui vont souffrant des trauaux rigoureux,
Au regard de mes maux se treuuent bien heureux ;
La Cour ne m'a seruy que d'vn cruel orage,
Qui vouloit, m'abysmant, me causer vn naufrage,
Vn chacun m'enfonçoit pour me faire perir,
Et pas vn ne ma plaint, ny voulu secourir ;
Mon lict est maintenant tout baigné de mes larmes,
De Mars & de Venus i'abandonne les armes,
Les iours les plus luysants me sont des tristes nuicts,
Et les contentements, continuels ennuys ;
Mais l'as ! Amour, Amour, ta passion est forte,

CHANGEANT DE VOIX VOYANT

GLYCERE.

I'apperçois ma Maistresse au seüil de ceste porte,
Ie l'ay par trop aymée, & ne peux l'oublier,
Trop ialoux i'ay voulu ses deffauts publier :
Madame, si iamais creature affligée
D'eust esmouuoir vos sens, vous estes obligée,
Au fort de mes mal-heurs d'auoir pitié de moy,
Pardon ! ie ne deuois doutter de vostre foy :
L'amour iusqu'à l'excez me mit en ialousie,
Et ne pûs resister à ceste frenesie,
Pardon, Belle pardon, à cét Amant ialoux,
Il se iette à vos pieds, embrassant vos genoux.

GLYCERE.

Ie ne croiray iamais, quoy que chacun en die,

Que l'on n'a iamais veu d'Amant sans ialousie;
Deux contraires effects, l'Amour est plain d'ardeur,
La sotte ialousie est vne froide peur:
Et partant il faudroit que le feu & la glace,
Dans vn mesme subiect eussent pris mesme place;
Sans que le feu de l'vn y laissast son ardeur,
Où la glace de l'autre y perdit sa froideur:
Vous estes mal-heureux, vous n'estes pas bien sage,
Vous n'aymez que querelle, & trop vain de courage
Vous allez au deuant des esclaircissements,
Desquels comme d'Amour, n'auez que des tourments;
Puisque Mars & Venus vous sont du tout contraires,
Portez vray Penitent, les Cilices, les Hayres,
Ie suis promise ailleurs.

LE DVELLISTE SEVL.

cruelle à ton Amant,
Celuy que tu as pris: ne t'ayma iamais tant
Bien suiuant ton conseil, dedans vn Hermitage,
Ie vay prendre repos le reste de mon aage.

ACTE QVATRIESME.

SCENE DEVXIESME.

LYDIE.

Si l'amour est vn Dieu, il n'en peut sortir rien
Qu'entierement parfaict, qui nous donne du bien;

Car Dieu semblable à soy, est tousiours immuable,
L'effect estant pareil, d'vne cause semblable :
De dire Amour vn Dieu, se seroit blasphemer,
Puis que l'vn il faict viure, & l'autre consummer :
Helas! i'en peux parler, & par experience
Depuis deux ans en ça, i'en faicts la penitence,
I'ay l'ennuy en partage, vn autre à les plaisirs,
Auecques mon Amant contentant ses desirs ;
Il faut que desormais pour extraindre ma flame,
Pour oster mes ennuis qui bourrellent mon ame,
(Remede trop amer !) ie les noye de pleurs,
Et n'auray que l'espine, vn autre ayant les fleurs :
Arriere de mon cœur pensers plains de delices,
Ie n'ayme que l'honneur, les tourments, les supplices ;
Doux entretiens d'amour ; mon esprit est changé,
Sortez sans reuenir, ie vous donne congé,
Il m'appelloit sa Dame, & sa gloire immortelle,
Et iuroit qu'à iamais il me seroit fidelle,
Et ne sçauoit que faire afin de m'obliger,
Mais tost dans son esprit l'oubly se vint loger :
Hà ! que dis-je mon cœur ! quel trouble me transporte ?
Veux-je coupper les nœuds d'vne amitié si forte,
De ses yeux, mes soleils, veux-ie esuiter la loy ?
Ay-ie vne volonté ? ay-ie vn remede à moy ?
Non : il est impossible : Amour qui me possede,
Ne peut à mon mal-heur fournir aucun remede :
L'absence, le mespris, le temps ny la raison ;
La mort porte en sa main la clef de ma prison.

ACTE QVATRIESME.

SCENE TROISIESME.

LE MAISTRE D'HOSTEL ET
L'ORDINAIRE.

Te voyla de retour, Caualier fans reproche,
Mon cœur s'eft entr'ouuert quand ie t'ay veu fi proche,
Car i'ay pour te feruir fi grande affection,
Que rien ne m'eft au prix de ton affection :
Mais de grace, d'y moy, qui caufoit ton abfence ?
L'an entier s'eft paffé priué de ta prefence ;
L'amour en eft il caufe? as tu quelque fubject
D'abfence, pour querelle, ou pour quelque autre objett ?
Ou bien fi commandé du Roy, noftre bon Prince?

L'ORDINAIRE.

L'amy tu viens au point : de Prouince, en Prouince
I'ay couru (commandé) & croy depuis dix mois
Dans vn mefme logis n'auoir couché deux fois ;
Me voicy de retour, tout preft à ton feruice,
Prend l'offre de mes vœux, faicts en vn facrifice ;
I'ay bien feruy mon Prince, il en refte content,
Et pour le tefmoigner, il m'a faict ce prefent.

VNE CHAISNE D'OR.

LE

LE MAISTRE D'HOSTEL LA BAISANT.

Heureux gage du Roy, present d'un grand Monarque,
Qui donne à ses subjects une eternelle marque
D'honneur, d'affection, de liberalité,
C'est reduire un Barbare à la fidelué :
Faisons des vœux pour luy que le fer de sa lance
Aille jusqu'au Perou faire borner la France ;
Et que de la Mer rouge, & de l'autre courant
Il soit Monarque seul Souuerain conquerant.

L'ORDINAIRE.

Il nous faut un Dauphin ! premier que l'entreprendre
Qui nous soit un Cæsar, ou bien un Alexandre,
Lequel puisse en bon heur sur ce Throsne monter,
Et par un seul regard les Rebelles dompter.

LE M. D'HOSTEL.

Ainsi face le Ciel ; que ce foudre de guerre
Triomphe dans les Cieux comme dessus la terre ;
Mais en fin ton retour est icy pour long-temps ?

L'ORDINAIRE.

Pour trois ou quatre mois ; au plus, iusqu'au Printemps,
Ie suis tout prest d'aller quand le Roy me commande,
Ie cherche de l'employ, c'est ma seulle demande ;

LE M. D'HOSTEL SOVSRIANT.

Et l'Amour ?

L'ORDINAIRE EN FROIDEVR.

à rien moins,

LE M. D'HOSTEL.

mais il y faut songer,

L'ORDINAIRE SOVSRIANT.

Ouy, si dans les mal-heurs l'homme se veut plonger,

LE MAISTRE D'HOSTEL.

Que c'est vn doux lien celuy de mariage!

L'ORDINAIRE.

Puis que c'est vn lien, il nous met en seruage,
I'ayme la liberté, la Reyne de mon cœur,
C'est mon vnique bien, mon souuerain bon-heur;

LE M. D'HOSTEL.

Si faut-il y venir, ie cognois vne fille,
Belle, riche, modeste, agreable, gentille:
L'ayant veuë vne fois, ie t'en rends Amoureux;
Et de la bien seruir tu te tiendras heureux;
Allons en son logis, c'est pres de ceste ruë,
Non! tu mourras d'amour, si iamais tu l'as veuë.

L'ORDINAIRE.

Amy, que t'ay-ie faict, pour me vouloir du mal,

Pourquoy me veux-tu mettre au lien coniugal?
Pourquoy quitter la Cour, & iamais n'y pareſtre;
L'amant n'eſt plus à ſoy, l'Amour en eſt le maiſtre.

LE M. D'HOSTEL.

Croy moy ie te ſupplie, allens y promptement,
Ie deſire ton bien, c'eſt ton aduancement.

L'ORDINAIRE SOVSRIANT.

Il faut croire vn amy, faiſant ce qu'il deſire,
Allons à tous hazards : Dieu nous vueille conduire;
Il faut baiſſer la teſte & fermer les deux yeux,
Si l'on rencontre bien, on n'eſt pas mal-heureux.

ACTE QVATRIESME.

SCENE IV. ET DERNIERE.

LYDIE, ET LE MAISTRE D'HOSTEL.

LYDIE.

Falloit-il m'eſtonner de voſtre Amour volage;
Ie le pouuois iuger voyant voſtre viſage;
Vous eſtes d'vne humeur ſi prompte au changement,
Que ne pouuez aymer long-temps fidellement :
Voſtre cœur inconſtant n'ayme rien que le change;
La fiebure me bruſloit d'vne folie eſtrange,
Cherchant de l'amitié dans toy qui n'en as point,

Et mon cœur en bruslant encore en est espoint.

LE M. D'HOSTEL.

Madame, à qui j'offris les vœux de ma constance,
Qui mourois tous les iours loing de vostre presence,
Qui faisois guerre ouuerte à la legereté,
Qui voulois mal de mort à l'infidelité,
Pardonnez s'il vous plaist à ma tendre jeunesse,
Esprise innocemment par vne autre Maistresse :
Ses rets & ses attraits, tendus pour m'arrester,
M'ont contraint & forcé de ny pas resister ;
Iupiter, comme moy fut autre fois volage !
Et croy, que s'il l'eust veuë, il eust senty l'outrage
Qu'Amour me fit sentir, par ce mien changement,
Et qu'il vous eust changée aussi legerement :
Le dez en est ietté, ie n'y peux plus que faire,
Ma foy luy ay promise il faut y satisfaire ;
Vous n'estes despourueuë, vn mary vient pour vous,
Braue, riche, vaillant, qui paroist entre tous,
Ie l'ameine vous voir ; vous ne perdrez au change.

LYDIE.

Si feray-je Inconstant, fut-il beau comme vn Ange :

LE M. D'HOSTEL.

Vous verrez croyez moy ; le voicy arriuer ;

L'ORDINAIRE ENTRERA SANS
APPROCHER.

LE

LE M. D'HOSTEL CONTINVANT.

Il meurt d'impatience à vous venir treuuer,
Faictes luy bon accueil, monstrez luy bonne mine,
Donnez luy dans les yeux; ne faictes point la fine,
Vous voudriez desia qu'il fut entre deux draps
Couché dans vostre lict enlacé dans vos bras.

L'ORDINAIRE A LYDIE.

Madame, à mon retour espris de vostre flame,
Ie viens vous descouurir les desirs de mon ame,
Ie viens sacrifier mon cœur à vos beaux yeux;
Que ie cheris autant que s'ils estoient des dieux:
Acceptez mon seruice, & m'ostez hors de paine,
A ma fidelité ne soyez inhumaine,

L Y D I E.

Les hommes en la bouche ont la fidelité,
Mais leur cœur est remply de l'infidelité;
Leurs discours sont trompeurs, leurs langues mensongeres,
Leurs desseins simulez, & leurs ames legeres;
Ils n'ont point d'autre but que de vouloir tromper
Vne fille credule afin de l'attrapper;
Ont ils faict on la quitte, ils ne s'en font que rire,
Et d'vn esprit vanteur faucement en médire;
Si fie qui voudra; pour moy ie ne croy pas
Qu'vn Amant comme il conte enduraft le trespas
Pour seruir vne Dame, & souffrir le martire,
Fumée tout cela; il est bon de le dire.

MONSTRANT LE M. D'HOSTEL.

l'en appelle à tesmoing ce braue Caualier,

E

Il est de vos amis, il n'est pas iournalier:

LE M. D'HOSTEL.

Hé! de grace pardon, Madame ie vous prie,

LYDIE.

Les fidelles Amants sur le vanet on trie,
Il sont bien clair semez?

L'ORDINAIRE.

ie veux mourir cent fois
Si ie faux d'obseruer de point en point vos loix.

LYDIE.

Demain nous nous verrons, i'auray plus d'alegresse;
Pour Monsieur il yra visiter sa maistresse.

LE M. D'HOSTEL ET L'ORDINAIRE
ESTONNEZ DE SON DEPART.

L'ORDINAIRE.

Nous en resterons la! sans en dire plus mot;
Si ie ne vay la voir, que l'on m'estime vn sot:
Se mocquer de nous deux! cher Amy que t'en semble?

LE M. D'HOSTEL.

Ie n'en suis pas rassis, ie vous iure, i'en tremble,
Comme elle parle sec, ses discours sont Arrests,
C'est vn tranche montagne,

L'ORDINAIRE PICQVE'.

il la faut voir exprés,
Ie m'en vay de ce pas la visiter chez elle,
Peut estre elle sera plus douce & moins cruelle.

ACTE CINQVIESME.
SCENE PREMIERE.

ARGVMENT.

E Duellifte veftu en Hermite contera fes infortunes, & l'Ordinaire par fes fubmiffions & feruices ayant ioüy de Lydie foubs promeffe de l'efpoufer, ioyeufement chantant le commencement de cefte vieille chanfon, *En fin cefte beauté,* fera vne pofe exprés afin d'obliger quelque hafté de refpondre l'autre couplet, *Ma la place renduë,* & lors par gayeté il luy dira, *Bon cela eft bien dit, &c.* que fi perfonne n'eft fi hafté il continuëra le refte puis le Maiftre d'Hoftel & Glycere iront treuuer l'Hermite pour les marier, ou fe rencóttreront pour pareil effect l'Ordinaire & Lydie tous eftonnez de ces rencontres, le Poëte s'y conuiant pour en compofer les chants nuptiaux, & le prudent Demonax armé pour y combattre à la barriere, fait rencontre de fon amy Tanafile qu'il auoit crû mort, tué en Duël, puis apres mille excez de ioye de fe reuoir, à la perfuafion de l'Hermite & du Poëte, affiftent aux ceremonies Nuptiales.

LE DVELLISTE HERMITE.

Ie cherche les Deserts aux humains incognus,
Où Bergers ny trouppeaux ne sont iamais venus,
Au plus profond d'vn creux, des rochers ombragées,
Des plus hautes forests des vieux Sìecles aagees ;
Là, ie veux dans le fond de quelque affreux Rocher,
Où iamais le Soleil n'aye peu approcher
Bastir vn Temple obscur pour y faire demeure,
Amoureux, Martial, Penitent à ceste heure,
Y pleurant les regrets dont ie suis possedé
D'y voir que mes desseins ayent mal succedé :
Le Dieu Mars & Venus, à mon bien trop contraires
M'affligeants à l'enuy des mal-heurs ordinaires,
L'homme doit contre Amour se tenir preparé,
D'arriuer à son port on est mal asseuré,
Ses flots sont escumants comme ceux de Neptune
Pour nous faire sentir tousiours quelque infortune ;
Mars n'espargne personne au fort de ses combats,
Il met esgallement les grands, les petits bas,
Il n'a point de respect, ses armes iournalieres
Ferment aux plus vaillants les premiers les paupieres.
Là i'auray du repos, repos tant desiré,
Que ie ne peux treuuer qu'en ce lieu retiré ;
Mes Amours, mes Combats, tesmoings de seruitude,
Me quittant auront peur de ceste solitude,
Là i'auray liberté, n'ayant rien de secret,
Ie parleray tout haut sans crainte & sans regret :
Si, proche d'vn ruisseau, triste ie me retire,
Rauassant dans les eaux, si ma peine ce mire,

Ie verray s'escouler & ses eaux & mes iours,
M'y voyant pasle & sec de combats & d'amours,
Si dedans les forests ie chante mon martyre,
Leurs échos escoutants me le viendront redire:
Les forests & les bois ne seront-pas si sourds
Qu'ils n'entendent ma voix pour mē donner secours ;
O ! trois fois bien heureux celuy-la qui mesprise,
Les appas Amoureux, & garde sa franchise,
Desirer, n'est que peine, esperer que tourment,
On n'est point asseuré, l'on craint le changement,
Car de Mars & d'Amour , quoy que l'on en espere
Au hazard des perils petit est le salaire ;
L'as d'auoir si long temps suiuy leurs passions,
I'auray dans le repos à autres afflictions.

ACTE CINQVIESME.
SCENE DEVXIESME.
L'ORDINAIRE CHANTERA.

En fin ceste Beauté.
Apres vne pause si l'on respond, M'a là place renduë, il dira,
Bon cela est bien dit, la palme vous est deuë.
Que si l'on ne respond, il continuëra le reste du couplet
chantant,   ma la place renduë,
Qu'elle auoit contre moy si long-temps deffenduë.

LYDIE ENTRERA TRISTEMENT.
L'ORDINAIRE ALLANT LA TREVVER.

Mais voicy ma Maistresse, & bien mon petit cœur,

Q

Mes amours, mes desirs, mon maistre, mon vainqueur,
Ie t'ay laissée au lict, estois-tu trop lassée,
N'auois tu point assez dormy la nuict passée,
Ie n'ay pas faict de bruict sortant d'aupres de toy,
M'as-tu senty leuer, sans mentir, d'y le moy?
Tes yeux estoient fermez, me leuant de ta couche
I'ay cueilly le baizer doucement sur ta bouche,
Puis ie t'ay recouuerte, & tirant le rideau
Ie suis descendu bas, sans mulles, sans chappeau,
Craignant de t'esueiller, car i'ayme tant ton ayse,
Mon cœur approche toy, permets que ie te baise.

REGARDANT LE PEVPLE.

Ne vous mocquez de moy d'aller idolatrant,
Ces beaux yeux dont les traicts vont mon cœur penetrant
Des pointes de l'Amour, mon ame en est meurtrie,
Car de les adorer, ce n'est qu'idolatrie,
Baise moy donc mon cœur, tu me fais trop languir,
Allons encor vn coup sur tes léures cueillir
Ce nectar de Venus: ne faicts point la facheuse,
Crains-tu qu'on ne te voye? es-tu encor honteuse,
On ne s'en cache plus, chacune en faict autant,
C'estoit au temps passé, mais non pas maintenant:
Vn Dieu nous le commande, instruicts de la nature
A faire son semblable, & busquer aduenture,
Allons sans plus tarder.

LYDIE.

Et Monsieur, mon honneur !

L'ORDINAIRE.

De garder ce tresor ce m'est vn grand bon-heur,

LYDIE.

Mais vous m'auez promis la foy de Mariage?

L'ORDINAIRE.

Ie l'ay promise! & vous?

LYDIE PLEVRANTE.

vous en auez vn gage
Trop fort pour en doubter, ie suis du tout à vous;
Et Monsieur exaucez ma priere à genoux,
Vous auez mon honneur, i'ay vostre foy promise,
Allons nous marier, allons droict à l'Eglise;
Nous treuuerons vn Prestre, allons sans plus tarder,
Faisons taire, le monde, on vient me regarder
Iusques dessous le nez; & deuiens si honteuse;
Quand la fille à failly, ô! qu'elle est mal-heureuse:
Tu ne te hastes point: allons donc promptement,
Aurois-je esté trompée en prenant ton serment?
Responds? quels souuenirs roullent dans ta pensée?
Voudrois-tu me laisser en ce point offencée?
Ayant iouy de moy, me vouloir mespriser?

ELLE SORTIRA DE COLERE.

L'ORDINAIRE. SEVL.

Pour hayr vne femme, il la faut espouser,
Pourquoy tant differer qui me tient en la chaisne!
Qui retarde mes pas qui me peut mettre en paine?
Ie refuse vn plaisir que i'ay tant desiré,
I'ay pour luy nuict & iour tant de fois souspiré,

Maintenant qu'à longs traicts i'en ay la jouyssance,
De la vouloir tromper les Dieux prendroient vengeance,
Il faut la contenter ; ie ferois inhumain,
Puisque c'est la raison, la remettre à demain :
A deux cens pas d'icy l'on void vn Hermitage,
Où l'on peut celebrer nostre heureux Mariage,
I'y vay tout de ce pas ; ayant donné ma foy,
C'est à elle la mienne, & la sienne est à moy.

FEIGNANT DE SORTIR REVIENDRA
DIRE.

Cependant sur ma foy ne prenez pas exemple ;
Tel vous aura promis qu'il n'yra pas au Temple :

ACTE CINQVIESME.

SCENE DERNIERE.

LE M. D'HOSTEL ET GLYCERE.

Et bien voicy le iour, le iour tant desiré
Pour lequel si long-temps vous auiez souspiré,
Iour de contentement d'Hymen & d'Hymenée,
Qui vous rend à iamais heureuse & fortunée,
Vous n'auez plus soubçon de mon affection ;
Vous voyez maintenant ma résolution,
Vous auiez quelque doubte & pensiez (chose estrange,)
Qu'estant né Courtisan, ie me plaisois au change,
Tromper estre ma gloire ; abuser, mes desirs ;
Seduire vne beauté ; mes vniques plaisirs ?

Comme

Comme vne Abeille aller de fleurette en fleurette
Cueillir vn auant fruict, confeſſez moy la debte,
N'auoir foy, ny parole & leger, comme vent,
En amour n'aymer rien que de changer ſouuent:
Pour vn baiſer cueilly forcément ſur la bouche,
Publier faucemeut le deduict de la couche;
Ne me le celez plus ! diſ-je pas verité.

GLYCERE

Mon cœur ne prends point garde à ma ſimplicité,
Pour t'auoir trop aymé me tiens tu criminelle!
D'auoir craint de te perdre, en ſuis-ie moins fidelle?
A quoy me reprocher vn excés d'amitié!
Tu me donne la mort, aye de moy pitié:
Oublie le paſſé ; car ceſté deffiance
N'eſtoit que pour auoir de ta foy l'aſſeurance:
Mais puiſque maintenant mes deſirs, mes ſouhaits
Sont proches de leur fin, ie veux à tout iamais,
Adorant tes faueurs, dont le penſer m'anime
Mon cœur ſur leur Autel immoler pour victime:
Allons l'heure nous preſſe ; acheuons-nos deſirs,
Et puis tout à loiſir, nous comblant de plaiſirs,
Sans crainte & par honneur d'vne amitié extreſme:

LE BAISANT.

I'aymeray mieux ces yeux mille fois que moy meſme:
Aduançons, qu'il me tarde, hé! double vn peu le pas,
L'hermite en ſa celule on ne treuerrons pas,
Il ſera dans les bois, ou parmy les campagnes,
Pour glanner des eſpics, gauller pommes, chataignes,

R

Viuant ainsi de peu dans la frugalité,
Heureux passant sa vie en la mandicité;
Sonnez à la clochette, heurtez donc à la porte,
Ie vay sonner pour vous, voulez vous pas qu'il sorte
Afin de le prier de terminer nos vœux;

LE M. D'HOSTEL.

Mon cœur ie suis à toy, ie veux ce que tu veux,

GLYCERE

S'il se presente à nous vous ferez le message:

LE M. D'HOSTEL.

Le priant qu'il nous mette au joug de mariage,

GLYGERE.

O! la douce parole, ô! iour trop attendu,
Puisse-tu dans le Ciel des dieux estre entendu;
Sonnons sans plus tarder, hola, hola, bon homme!

L'HERMITE.

Ce m'est trop de faueur, frere Iean on me nomme:
A quoy vous peut seruir, un pauure Penitant?
Qui mal-heureux au monde, on voit pour maintenant
Errer dans les forests, d'un austere abstinance,
De ses pechez commis en ayant repentance?
Ie suis pauure à present, ie ne possede rien,
Ie ne peux (mes amis) vous offrir aucun bien,
Ie ne boys que de l'eau, ie mange des racines,
Prenant congé de vous, ie vay dire matines.

LE M. D'HOSTEL L'ARRESTANT.

Arrestez un petit! voudrez vous refuser,

ACTE SECOND.

SCENE CINQVIESME.

LE DVELLISTE ET DVRACIER SON
SECOND ENTRERONT.

LE DVELLISTE.

La vengeance & l'amour, me bruſlent de leur flame,
La rage, & la colere, ont aſſiegé mon ame,
Ie ne ſuis plus à moy ; car ces deux paſſions,
Tourne virent mes ſens de mille affections,
La vengeance m'emporte à beaucoup entreprendre,
Et l'amour me retient, & ſuis forcé de rendre,
Mes vœux à ſes Autels, & lors Mars plain d'horreur
Reueille mon courage & me met en fureur :
Donne moy ton aduis, amy que dois-ie faire,
I'ay beſoin de conſeil à reſoudre l'affaire ;
Que ne ſuis-je aux deſerts des mortels incognus,
Où Mars & Cupidon, ne ſont iamais venus,
I'y baſtirois vn Temple à faire ma demeure,
Sans armes, ſans amours, iuſqu'à ma derniere heure :
En pleurant les regrets qui m'affligent ſi fort,
Que ie n'ayme rien tant que de baiſer la mort,
Qu'il faille qu'vn riual de nature ſauuage,
Poſſede ma Maiſtreſſe & la tienne en ſeruage,

Ie mourray mille fois pluſtoſt que l'endurer ;
D'vn amy au beſoin on ſe peut aſſeurer,
M'eſt tu pas de ce nombre ? à me rendre ſeruice !
Porte-luy ce Cartel ; rend moy ce bon office.

DVRACIER SECOND.

Monſieur ; c'eſt le conſeil qu'euſſiez receu de moy,
Ie ſuis du tout à vous ne douttez de ma foy ;
Ie vous demande vn point par tres-humble priere ;
De ne me laiſſer pas les deux bras ſans rien faire
Ie vous ſerts de ſecond & ne vous quitte point,
Auſſi-toſt comme vous i'auray l'eſpée au point.

LE DVELLISTE.

Non ! ie ne doutte pas de ton braue courage,
L'amy dans les perils iamais l'amy n'engage,
Ie te garde pour mieux , croy moy fidellement,
Me battre ſeul à ſeul, c'eſt mon contentement :
Va donc ſans plus tarder , dis-luy qu'en ceſte place ;
Ie l'attends pourpoint bas ; va promptement de grace ;

DVRACIER.

Auſſi toſt faict que dit, i'y vay tout de ce pas ,
Ie tarderay bien peu ne vous ennuyez pas !
Ie vous l'ameine icy, s'il manque de courage,
Vous m'en excuſerez ayant faict mon meſſage,

LE DVELLISTE.

Allez ſans plus tarder il ſeroit deſia mort ,
I'ay la force & le droict , luy la crainte & le tort :

LE

LE M. D'HOSTEL A LYDIE.

Pardon, belle pardon.

LYDIE.

mais de vous ie l'implore :

ET A GLYCERE.

Oubliez le passé & croyez que i'honnore,
(Madame) vos vertus & vos chastes desirs ;
Que Dieu les continuë en aymables plaisirs,

GLYCERE A L'HERMITE.

Et vous bon homme sainct, ame des belles ames,
Qui viuant dans le Ciel, auez quitté les flames,
Qui bruslent les humains, (dans le monde) incensez,
Combien vous auons nous, sans sub ject offencez ?

LE M. D'HOSTEL A L'HERMITE.

Ie sçay que sans subject, i'ay faict beaucoup d'offence ;

GLYCERE A LYDIE.

Fachée du passé, i'en feray penitence ;

L'HERMITE.

Le regret de l'offence efface l'action,
Pardon vniuersel, grace, remission,
Demeurez tous en paix, dans le sainct Mariage ;

S

Dieu prolonge vos iours en faisant bon mesnage;
Entrons donc s'il vous plaist, afin que promptement,
Ie puisse executer vostre commandement.

LE POETE ARRIVANT.

Mes Seigneurs, attendez ie suis de la partie,
Ie veux faire des vers en l'honneur de Lydie,
Pour laquelle autresfois i'ay souspiré d'amour,
Et maintenant ie veux honnorer ce beau iour,
D'vn Hymen Hymenée, ô! Hymen Hymenée,
Hymen! ô Hymenée, ô Hymen Hymenée:
Sur ma lire dorée, où Phœbus seulement,
Et les diuines sœurs ont part esgallement,
Vostre champ nuptial sonnant à la cadance,
Sera de l'aduant-jeu le guide de la dance;
Heureux viuez contens, & loin de vostrec bef,
Les Dieux vous bien-veillants, detournent tout méchef:
A la grandeur des Roys ne portez point enuie,
Le desir d'amasser, ne trouble vostre vie,
N'ayez point de soucy, si ce n'est pour aymer
L'vn l'autre à qui mieux mieux, & vous entr'animer,
A force de baisers, de souspirs, d'accollades
Et i'en composeray chants royaux & ballades,
D'assister au festin auray-ie pas l'honneur?

LE MAISTRE D'HOSTEL.

Nous vous en supplions, venez, & de bon cœur,

L'HERMITE.

Allons donc mes amis, passez; l'heure nous presse,

Ie me vay preparer pour celebrer la Meſſe;

LE M. D'HOSTEL A L'ORDINAIRE.

Monſieur!

L'ORDINAIRE.

pardonnez moy!

LE M. D'HOSTEL.

pourquoy ces complimens?

L'ORDINAIRE.

Ie vous dois de l'honneur par tout & en tout temps;

LE M. D'HOSTEL.

Entrez ie vous en prie eſtant pres de la porte!

L'ORDINAIRE.

L'honneur vous appartient, pres ou loin ne m'importe;

LE M. D'HOSTEL.

Paſſons donc ſans tarder, c'eſt par commandement,
De peur d'eſtre importun, i'entreray librement.

LE POETE SEVL.

Lucine fauoriſe & vueille eſtre propice,
A ces Hymens ſacrez, ſoubs vn heureux auſpice;
Que tout preſentement on va ratifier,
Afin qu'à l'aduenir, on s'y puiſſe fier:

LE PRVDENT DEMONAX AV POETE.

Le bruit court en ſes lieux que dans cét Hermitage,
De deux couples d'Amans ce faict le Mariage,
Et que dans ce Chaſteau les braues Caualiers,

Curieux de la iouxte & des combats Guerriers,
Viennent de tous costez combatre à la barriere,
Que pour gaigner la bague, on court belle carriere,
Que le grand bal s'y tient, & sont icy venus,
Quantité de Seigneurs de pays incognus:
Mon braue d'y le moy! en sçay-tu des nouuelles?
As-tu veu arriuer de belles Damoiselles;
Est-ce vn bal general! peux-je m'y presenter!

LE POETE.

Monsieur, tres librement vous pouuez y entrer,

TANAPHILE AMY DV PRVDENT PASSANT
PRES DV PRVDENT SANS MOT DIRE.

LE PRVDENT ESTONNE'.

Qui se presente à moy! est-ce vn spectre, est-ce vn songe,
Mes yeux sont offusquez! est-il vray! c'est mensonge!
Car mon amy est mort, l'esprit il a rendu,
Son corps couuert de sang, sur la place estendu;

PAR ESTONNEMENT.

Si ie m'estois trompé! si transporté de crainte,
Croyant l'auoir veu mort, ce n'estoit qu'vne fainte,
Ie doibts me resiouyr; si ie le vois viuant?

DESESPOIR.

C'en est faict, c'est vn songe, il mourust à l'instant.

TREM-

TREMBLANT.

Ay-ie peur ! qu'elle crainte agite ma pensee ?
De l'ombre d'vn amy mon ame estre blessee ?
Il le faut accoster, approchons-le de pres,
Il s'aduance à me voir, il vien icy expres ;
Mon amy Dieu te garde ! hé moitié de mon ame !
Mon cœur ! mon sentiment ! te voyant ie me pasme.

L'EMBRASSANT S'ESVANOVYRA.

TANAPHILE.
Cher Amy prends courage, hà tu me fais mourir !

LE POETE LES SOVSTENANT.

Mes amis accourez venez les secourir,
O Dieux quel changement de plaisir en tristesse,
Bon homme venez tost tardez vn peu la messe ;
Qu'on apporte du vin, c'est vn couple d'amants,
Qui d'extresme amitié, s'embrassent en mourants :

L'HERMITE AVEC SA CALLEBACE.

Quel subit accident ! Messegneurs bon courage,

TREMPERA SON MOVCHOIR.

Tenez voyla du vin frottez en leur visage,
He ! reprenez vos sens, vous n'estes pas blessez,

LE POETE.

C'est qu'ils s'ayment par trop, d'amitié c'est l'excez,

T.

L'HERMITE.

Ils reprennent vigueur, les forces leur reuiennent!

LE POETE.

Voyez comme enlacez à plains bras ils se tiennent!

LE PRVDENT AYANT REPRIS SES SENS.

Est-ce toy mon amy que j'embrasse si fort?
Quoy! te vois-ie viuant apres t'auoir veu mort!

TANAPHILE LE DESAMBRASSANT.

La crainte te saisit me voyant sur la place,
Blessé tu me crûs mort, estant froid comme glace,
I'eus du pire au combat, car d'vn coup de reuers,
Frappé dans le costé ie renuerse à l'enuers,
Ie fus laissé pour mort, mais reprenant courage,
Me remettant sur pieds, ie me fis vn bandage,
D'vn mouchoir; arrestant le reste de mon sang,
Qui par trop respandu me rendoit languissant:
M'ayant chez vn Seigneur doucement faict conduire,
I'y fus si bien reçeu qu'il ne se peut mieux dire,
Bien pensé, bien guery, le congé de luy pris,
Ie voulus acheuer,

LE PRVDENT.

Quoy?

TANAPHILE.

mon voyage entrepris,

De sortir hors de France esuitant le supplice,
Que i'eusses deu souffrir par exemple en Iustice,
Absent depuis cinq ans, tu me vois de retour,
Icy venu expres te donner le bon iour,
Et te conter au long, mille & mille trauerses,
Perils, dangers, trauaux & fortunes diuerses;

LE PRVDENT.
Conte les moy de grace,
L'HERMITE.

Messieurs; vne autresfois,
La compagnie attend, entrez dedans ce bois,
Le Chasteau n'est pas loin, on vous fera grand chere,
Vous serez bien venus vous n'auez nulle affaire,
Venez y librement, vous aurez le loisir,
De ces perils passez l'vn l'autre entretenir;

LE POETE.

Messieurs, il vous dit vray ne tardez d'auantage,
Vous y serez reçeus de cœur & de courage,

LE PRVDENT.
Allons soubs vostre enseigne,
L'HERMITE.
allons,
TANAPHILE AV POETE.

le voulez vous?
LE POETE.

Ie vous suis seruiteur!

TANAPHILE.

venez auecque nous.

LE POETE SEVL AV PEVPLE.

Cependant, d'affister à la ceremonie,
Des fidelles Amants, chacun a'eux vous conuie.

FIN.

FAVTES DE L'IMPRESSION.

Page 17. vers 7. il faut lire *descendu tout à coup.* Page 38. il faut lire *Acte second.* Page 59. vers 14. il faut lire *l'horreur.* Page 59. vers 15. il faut lire *doux.* Page 60. vers 3. lisez *passion.* Page 67. P. 11. il faut lire *Bon cela c'est bien dit.* Page 68. vers 3. lisez *Roches.* Page 69. ligne 20. lisez *Bon cela c'est bien dit.* Page 70. ligne 16. lisez *ce n'est idolatrie.* Page 72. ligne 12. lisez *qui n'yra pas.*

www.ingramcontent.com/pod-product-compliance
Lightning Source LLC
Chambersburg PA
CBHW060454260626
47161CB00005B/2100